皮鞋拉出美麗音符

西方音樂家故事

費錫胤　等

商務印書館

本書據商務印書館「小學生文庫」《音樂家故事》（下冊）改編，文字內容有刪節修訂，另增加喬治‧比才、聖桑、柴可夫斯基及克拉拉‧舒曼四篇故事。

皮鞋拉出美麗音符 —— 西方音樂家故事

作　　者：費錫胤 等

責任編輯：洪子平

出　　版：商務印書館 (香港) 有限公司

　　　　　香港筲箕灣耀興道 3 號東匯廣場 8 樓

　　　　　http://www.commercialpress.com.hk

發　　行：香港聯合書刊物流有限公司

　　　　　香港新界大埔汀麗路 36 號中華商務印刷大廈 3 字樓

印　　刷：美雅印刷製本有限公司

　　　　　九龍觀塘榮業街 6 號海濱工業大廈 4 樓 A

版　　次：2016 年 7 月第 1 版第 1 次印刷

　　　　　©2016 商務印書館 (香港) 有限公司

　　　　　ISBN 978 962 07 0423 9

　　　　　Printed in Hong Kong

目錄

兼長文學的音樂家舒曼

舒曼，1810-1856

從法律轉向音樂

從來大音樂家，都是很有天賦的音樂天才，再在極好的音樂環境中成長。可是大音樂家舒曼（Robert Alexander Schumann），雖然很有天份，卻沒法在一個好的音樂環境中成長。因為他的父

親是一個書商，母親是醫生的女兒，父母親都不了解音樂，親友中也沒有研究音樂的人。他的音樂才華，真是完全天生的。

　　舒曼在六歲的時候到學校讀書，不久就顯露出音樂才能。他的父親知道後，倒很願意他做個音樂家，所以為他招聘老師，教授風琴。七歲時舒曼就開始學作曲，並喜歡到音樂會聽人家演奏。在父親的書店裏，更翻閱過許多名家樂譜，還經常約小朋友們來演奏，很得父親的歡心。

　　不幸的是，父親突然離世，他的音樂前程受到很大的影響。父親死後，他的一切事情都由母親作主。母親不知音樂為何物，當然不喜歡他研究音樂，於

是不顧他熱愛音樂的心願，要送他到大學裏學法律。舒曼不得已，聽從母親的命令，到萊比錫大學做個法律學生。可是，他對枯燥無味的法律毫無興趣，所以只是掛着法律學生的虛名，每天還是偷偷跑到音樂教師那裏學習音樂。

母親知道他不專心學習法律而去研究音樂後，非常不快，曾經寫信給教授舒曼的音樂老師，信中說：「……請你體諒一個母親希望自己的孩子以後可以有更好前程的想法。我知道你愛好音樂，但希望你切勿因為自己愛好音樂而勸舒曼也研究音樂，他只是一個不諳世事的年輕人……」

但是，隨着舒曼的音樂天賦一天一天地展現出來，他對音樂的興趣也一

天一天地濃厚起來，母親的希望漸漸落空。後來，舒曼拜托親戚、朋友勸告母親，終於使她堅定的想法有所改變。從此，舒曼可以專心研習音樂了。

得到母親允許之後，舒曼決心當一個鋼琴演奏家。他終日在朋友家裏練習鋼琴，結果因為急於求成，導致右手的中指受傷，以至既沒有氣力，更不能靈活運用。他想方設法去醫治，始終沒有康復。舒曼從此不能再彈鋼琴，鋼琴家的夢想落空了，這對舒曼的心靈是一個沉重的打擊。

然而，舒曼沒有向命運屈服，他決定改變努力的方向。他明白要做音樂家，不一定靠演奏鋼琴的技能，創作樂曲也是一條康莊大道。自此之後，舒曼

努力地研究作曲。努力的結果是急速的進步，許多優美動人的鋼琴曲，源源不絕地從他腦海中奔流出來，被當時許多鋼琴家拿來演奏。

不諳世事：一般用來形容一個人對社會上的種種事情沒有了解，缺乏社會經驗。

兼長文學的音樂家

那時候，擅長文學的音樂家是很少見的。音樂家大都不歡喜做文章，像貝多芬的文章詞句不通，蕭邦不會寫信，都是極好的例證。舒曼是一個例外。

舒曼的文學才華，是由他父親遺傳的。原來他父親是一個書商，又是作家，喜歡閱讀，曾翻譯大詩人拜倫的詩歌。舒曼年幼時便愛好文學，在父親的指導下，他一方面努力學習音樂，同時也學習文學。

後來，舒曼創作樂曲的同時，也用他卓絕的音樂思想、靈敏的文學妙筆，做出許多精妙的音樂評論，還創辦了音樂界最有名、最有價值的刊物《音樂新時報》。這份刊物為讀者提供許多材料，

緩解了音樂的饑荒，在當時德國音樂界
大放異彩，成為人們研究音樂的指南
針。舒曼的名聲，也因此世界聞名。

大放異彩：比喻有着優異的表現或突出的成就。

　　成功的路不止一條，有時應該適時改變努力的

方向，找到真正適合自己的路，通向成功。

婚姻美滿卻瘋癲離世

舒曼在萊比錫大學讀書的時候，常常到一個鋼琴商人兼鋼琴教師維克的家裏學習鋼琴。那時他第一次遇到維克的女兒克拉拉。那時克拉拉才八歲，自幼學習音樂，在父親的指導下鋼琴演奏方面已經頗有造詣。

後來，舒曼以維克先生的學生及朋友身份住進維克家裏，一住就是兩年。舒曼仰慕克拉拉，而克拉拉對舒曼的才能也極欽佩，兩人的感情慢慢地深厚起來，很自然地成為了志同道合的好朋友。在克拉拉十六歲那年，舒曼終於向她吐露真情，他們兩人從朋友變成了戀人。然而，這段戀情遭到了維克的極力反對和百般阻撓。因為，他對鍾愛的女

兒有一番偉大的培養計劃；在他看來，克拉拉嫁給舒曼就是自毀前程。經過一番波折之後，兩個相愛的年輕人終於通過法律的手段得到了結婚的許可。

他們婚後生了七個孩子，夫妻兩人一直相互扶持、相互欣賞。克拉拉從小就專注鋼琴演奏，沒有接受文化教育，而舒曼幫助她補上了這一課。這時期，舒曼的創作熱情空前高漲，創作出許多偉大傑作。他們倆的聲名越來越大。甚至當初反對他們結婚的維克，此時也終於釋懷，與他們重修舊好。

不幸的是，他們兩人最終沒能白頭偕老，舒曼先克拉拉去世了！

舒曼的父親是死於精神病的，舒曼因為父親的遺傳，精神方面也不甚健

全。四十歲左右，舒曼因為到各地旅行，有時太悲愴，有時太興奮，使父親遺傳的精神病漸漸顯露出來。據説他常常有許多幻覺，聽到許多幻音。有一天，他看見早已死去的舒伯特和孟德爾頌兩人來教他音樂，事後他把大師傳授的內容寫成了樂曲。

四十四歲那年，舒曼病得更厲害了，竟趁着旁邊沒人的時候，跑到波濤洶湧的萊茵河邊，跳入河中。雖然被人救起，但他已變成了一個徹頭徹尾的瘋漢。家人沒有辦法，只好送他到瘋人院。兩年後，舒曼最終悲慘地死在瘋人院裏。那時他的愛妻克拉拉雖然守在身旁，可是不省人事的舒曼，已經認不出她了。

造詣：學業、技藝等達到的水準、境地。

志同道合：志趣相同，意見一致。

重修舊好：重歸於好，恢復以往的友誼或感情。

徹頭徹尾：從頭到尾，全部，十足的意思。

不省人事：指昏迷過去，失去知覺。

鋼琴大王李斯特

李斯特，1811-1886

李斯特（Franz Liszt）的榮譽，不僅是因為他驚人的鋼琴演奏水準，也因為他偉大的人格魅力。他是音樂家中一個特異的天才。

父母的呵護下成長

　　小朋友，你或許聽人說過：「天上有彗星，地上出偉人。」這也許是前人的一種迷信，但恰巧的是，鋼琴大王李斯特誕生的那一天，天上確實有彗星出現了。這真是一個有趣的巧合。

　　李斯特的父親是匈牙利人，母親是德國人，而他從小卻在法國生活。他的父親會彈鋼琴，李斯特很歡喜旁聽，因此他的音樂天才，在很小的時候已經被他父親發覺了。在父親的音樂室裏，鋼琴上面掛着大音樂家貝多芬的肖像。幼小的李斯特練習完鋼琴之後，曾說：「我想學得像他一樣。」那時候他才六歲，而志向已經不小了。

　　李斯特的童年生活，完全沉醉於音

樂之中，他每天做的事情，不是彈琴，便是寫譜。文字還不識得，樂譜已寫得純熟了。慈愛的父母常為他太用功而憂愁，卻沒能制止他，結果李斯特真的因為用功過度而生病，而且病得讓人絕望，甚至家人都預備辦喪事了。幸好他年紀小，後來又慢慢地恢復過來，大概老天爺也不忍心看着這個天才音樂家夭折吧。

父親發現李斯特的音樂天才後，便熱切盼望他在音樂上能有所成。可是他們生活的地方，沒有學校，沒有音樂家，李斯特不能接受良好的音樂教育，這是他父親一件重大的心事。起初，父親把李斯特委托給教堂裏的牧師來教育。後來，李斯特經常伴隨父親到各地旅行，

聽到很多優秀的鋼琴演奏。一次，他們到了匈牙利貴族聚居的布勒斯堡，父親為他開了一個小小的演奏會。李斯特小小年紀就表現出驚人的鋼琴演奏技巧，感動了一個匈牙利貴族，願意出錢資助他求學。

這時李斯特只有十歲，他的父親不放心他出遠門，卻又沒有好辦法，最後只得放棄工作，陪着可愛的兒子。他們最初想到威馬爾拜大音樂家亨美爾為師，然而學費很貴，他們擔負不起。無奈之下，李斯特一家遷往音樂之鄉維也納居住，請教於鋼琴名家采爾尼。最初李斯特的請求遭到拒絕，但在聽到李斯特驚人的演奏後，采爾尼卻又願意收他為學徒，並且還很優待他。經過一年半

的學習研究，李斯特的演奏技巧有了長足的進步。

　　一年半後，父親陪伴李斯特來到巴黎，想在巴黎音樂院進修，不料遭到院長拒絕，說巴黎音樂院不能容納外國人。李斯特沒有因此懊喪，便在巴黎開個人演奏會，表演他的鋼琴絕技，結果名震巴黎音樂界，巴黎音樂院院長知道後也感到無限羞愧。

　　在李斯特的求學時代，無論旅行到哪裏，他的父母總是處處保護着他。他有這樣熱心教育的父母，真是無比幸福！

偉大的人格

李斯特除了音樂的技能值得人們崇拜外，他的人格魅力也非一般音樂家能及。

李斯特非常溫柔，常常用愉快的笑臉待人。他從不妒忌別人，譏笑別人，別人取得成功他便送上祝福。他善良的品性、寬大的氣量，更值得別人銘記在心。他對金錢非常淡薄，他人有困難時，他總會傾囊相助。他去過許多地方，開過許多次演奏會，所得的酬報為數不少，但他依然過着簡樸的生活，絕不會浪費金錢。他也不願儲蓄，情願把大部分金錢用在賑濟災難、幫助貧民和地方公益事業上面。

大音樂家瓦格納曾對李斯特有下面

的評論：「李斯特猶如十字架上的基督，是對別人比對自己更關心，且常常準備為別人犧牲的人。」的確，寬大、仁愛、重義、輕利的李斯特，擔當得起這麼高的評價。

這是關於李斯特寬大仁愛的兩段趣事：

有一個女鋼琴家，想在某地開演奏會。她是一個寂寂無名的人，很難引起人們的關注。那時的李斯特，正是聲望極高的時候，這位女鋼琴家就冒着大險，自稱是李斯特的徒弟來吸引人們，並在演出招牌上自作主張地寫着「李斯特女弟子」的字樣。她本以為忙碌的李斯特決不會發現她假冒的事情，誰知道李斯特恰巧來到這地方，看見旅館前面

有李斯特女弟子開演奏會的招牌廣告，就在那旅館住下來，並在門外寫着「李斯特」三字。冒充女弟子的音樂家看見後非常羞愧，不知如何是好，最後大膽地來到李斯特面前，叩頭流淚，好半天才訴說了自己艱苦的孤兒身世，冒稱李斯特的學生完全是為了生計。

寬宏的李斯特聽完她的一番話，非但沒有責備她，反而和善地扶她起來說：「請你把演奏會中要演奏的樂曲，彈一曲給我聽。」於是那女子在李斯特面前，演奏了一曲。李斯特做臨時導師，熱心地指導她，並對她說：「現在我已教你鋼琴，從此，你儘可稱為『李斯特女弟子』了。明天的演奏會，我還可為你出席演奏，希望你在節目單中，添加

一行。」惶恐的女子面對這位仁愛的教師，只有驚喜地道謝。而李斯特的寬大仁愛，更為人們所稱道。

李斯特還曾為蕭邦贏得機會。當年，蕭邦從波蘭流亡到巴黎時，只是個默默無聞的小人物，然而，李斯特對蕭邦的才華極為讚賞。那時候，在演奏鋼琴時要把劇場的燈熄滅，以便觀眾在黑暗中專心地聽演奏。有一次，李斯特坐在鋼琴前面，當燈光一熄滅，他便悄悄地讓蕭邦過來代替自己演奏。觀眾們全都被美妙的琴聲征服了，掌聲十分熱烈。演奏完了，燈光亮起來，觀眾們看到舞臺上坐在鋼琴前面的竟是蕭邦，都大為驚奇，接着爆出更為熱烈的掌聲。因為，人們既為了出現一個有才華的鋼

琴演奏家而高興，又對李斯特這種推薦
新人的行為表示欽佩。

傾囊相助：把衣袋裏所有的錢都拿出來幫助別人。

寂寂無名：沉寂，沒有人識得。用作形容沒有知名
　　　　　度、不為人知的人。

默默無聞：指做事無聲無息，無人知曉。

成為一個藝術家並不難，難的是成為一個內外
兼修、德藝雙馨的藝術家。

大歌劇家瓦格納

瓦格納，1813-1883

大歌劇家瓦格納（Wilhelm Richard Wagner）是曾經被人鄙棄，最終卻贏得人們尊崇的偉大人物。他的一生，不知上演了多少個可歌可泣的故事。

幼時的惡運

瓦格納在二百餘年前，出生於德國的萊比錫。他的父親是警署裏的書記官，對戲劇有狂熱的愛好，母親也有同樣的興趣，瓦格納生性喜歡音樂，或許受着父母的遺傳。不幸瓦格納尚未到周歲的時候，父親便病死了。瓦格納有六個哥哥姐姐，父親死了以後，母親沒有辦法撫養這七個孩子，不得已再嫁給一個兼長畫畫的戲劇家，全家遷往繼父所在地德累斯頓居住。他們的繼父，財富頗豐，並且對他們很和善，像親生父親一樣。豈知到瓦格納八歲時，繼父又離他們而去。彷彿交了惡運的瓦格納一家，窮無所歸，不知如何是好。幸有他們的叔父，不忍母子們流離失所，收留

了這一家苦命人。從此他們過着比較安定的生活，似乎已跳出惡運之門。

瓦格納受到父母的遺傳，富有音樂天份，後來又受到繼父的影響，心中逐漸產生了對戲劇的興趣。幼時跟老師學習音樂時只管自己亂彈，不肯聽老師的指導，老師常常責罵他，認定他不能學成音樂家。繼父當時都打算教瓦格納改學繪畫了，但是瓦格納不答應，只是一天到晚在鋼琴上彈奏，家人也拿他沒有辦法。

他很喜歡到劇場去聽歌劇，幾乎天天要去，誰都禁不住他。他一進劇場，心裏就覺得很愉快，如入夢境般的着迷。聽到好的地方，會因為感動而哭泣起來。不知他內心的人，往往要痛罵他

是胡鬧，取消他觀劇的資格，但又有誰
了解他豐富的內心所領會到的呢！

　　有一次他在聽歌劇界最有名的韋伯
演唱名歌劇「自由射手」時，聽得十分入
迷。他高興地爬到母親膝上，討要幾個
錢，說要買寫樂譜的紙張，想把聽到的
音樂記錄下來。後來，當他真的做到的
時候，家人都被他的本領震驚了。

　　此後他進了幾家學校，繼續求學。
除了音樂與文學，甚麼功課他都不太關
心，而音樂的興趣又慢慢地比文學高起
來。十六歲後，瓦格納正式跨進音樂之
門，努力研究作曲及演奏。

可歌可泣：值得歌頌、讚美，使人感動流淚。形容英

勇悲壯的感人事。

流離失所：無處安身，到處流浪。

屢遭挫敗的創作之路

　　瓦格納在決定專心研究音樂後，又受到大音樂家莫札特與貝多芬的影響，更加堅定了他要當一個音樂家的決心。後來，瓦格納進入大學，研究美學，學習貝多芬的作曲方法作起曲來。但他總感覺普通音樂不及歌劇動人，於是決心創作歌劇。

　　他的姐姐洛碩麗是一個名演員，看了瓦格納創作的歌劇《婚禮》後，批評說：「這樣無聊的劇本，沒有用！」瓦格納拋棄了自己第一次的創作，又拚命用功，完成第二個歌劇作品《仙女》，很高興地再去請教他的姐姐，托她介紹給劇場。不料那個舞臺監督同樣說：「這樣無聊的劇本，沒有用！」費了許多心思

創作的兩個歌劇都不受人理睬，瓦格納失望的心情可想而知。但瓦格納決不就此罷休，他再次提起精神，為前途奮鬥。他曾這樣想：「有一天我一定要作出一個好的歌劇來，嚇他們一跳。」

瓦格納的第三個歌劇《不許可的愛》又完成了。那時候他剛巧去做馬格德堡的貝多芬劇場的音樂監督，有這樣的機會，便把《不許可的愛》在劇場裏演奏起來，結果惡評如潮。劇場因此遭到巨大損失而倒閉，瓦格納也失業了，面臨着生活沒有着落的困境。

在二十三歲那年冬天，瓦格納似乎交着一些好運。一個叫明邦的女戲劇家，跟他結婚了，從此兩人相依為命。瓦格納得到精神上的安慰，但是生活的

困苦，則日甚一日。他從德國到俄國，到處找尋機會，有時雖然得到小小的職位，但終不能維持生活。為了避債，他不得不逃離俄國，再從德國到法國、英國，卻始終跳不出窮苦的牢籠！這時的瓦格納起了種種念頭，甚至覺得：「音樂家是沒有用的，沒有法子，索性做盜賊去吧！」

相依為命：互相依靠着過日子。指互相依靠，誰也離不開誰。

歷經風雨 終見彩虹

大致瓦格納這樣的人才，總不會被輕易埋沒，在這樣歧路上彷徨的時候，上帝要來指示他，引導他了！

一天，瓦格納在困苦之中，聽到大音樂家貝多芬雄偉的名曲，他的身體戰慄起來，眼淚滾滾流下。回家以後，倒在牀上，發着高燒，不停地胡言亂語，說着些跟音樂有關的話。病好之後，他好像受了上帝的洗禮一般，自言自語地說：「啊！現在我是音樂家了！」之前想做盜賊的念頭完全沒有了，一心想要創作歌劇。

他取了羅馬革命家黎恩濟的故事，完成了歌劇《黎恩濟》，並於德累斯頓上演。這一次他終於成功了！這部偉大

的歌劇，贏得一致好評。過去被人瞧不起的瓦格納，終因這歌劇的成功，成為德國大音樂家，並躋身於世界大音樂家行列。德累斯頓王宮劇場，馬上請他做音樂部長。瓦格納這時才逃出窮苦的牢籠，過上安穩的生活。這時他只有二十九歲。

此後，瓦格納繼續創作了《漂泊的荷蘭人》、《湯豪舍》、《羅恩格林》等偉大歌劇，轟動全世界，而最後一部作品《尼伯龍根的指環》，更被稱為萬世不朽的大歌劇，瓦格納因此成為萬世流芳的偉人！

不經歷風雨怎會見彩虹？不經過奮鬥怎得到理想的結果？瓦格納的成功，便是不停奮鬥、不言放棄的結果！

瓦格納成功以後，爆發了世界有名
的德法戰爭。當時德國皇帝委派大將軍
莫爾德侃為大戰總司令，名相俾斯麥為
總管大臣，行使政治的實權。德軍在這
兩位領袖領導之下，戰勝了法國。德國
人民歡天喜地，舉行空前的盛會來慶祝
勝利。瓦格納當然也非常高興，他隨即
創作了《皇帝進行曲》為這個盛會助興。
當俾斯麥與莫爾德侃將軍及數萬名將士
凱旋而歸的時候，瓦格納率領千人樂團
為他們演奏了這偉大的樂曲。

　　這首《皇帝進行曲》，演奏的人有
三百餘人，合唱的男女隊員共數千人，
這樣壯大的演出，可算是世界首例。

戰慄：形容竭力克制因過分激動而引起的顫抖或因恐

懼、寒冷而顫抖，發抖、哆嗦。

躋身：踏進，指突然獲得成績。

萬世流芳：指好名聲永遠流傳。

事業及友情上的收穫

瓦格納是富有革命精神的音樂家。當他三十六歲的時候,他生活的地方——德累斯頓的市民鬧革命,罷免了州長,建設起臨時政府。但軍隊很快就攻打過來,德累斯頓市民的革命事業猶如曇花一現,大批革命黨人被處死刑。

瓦格納也是黨員之一,革命失敗以後,被軍隊盯上,到處懸掛着他的相片,重賞通緝他。瓦格納不得已裝扮為馬車夫,駕着貨車逃離德國,到瑞士避難。通緝令下發了十三年之久,瓦格納始終不敢返回德國。

在瑞士避難期間,生活的困苦可想而知。為了維持生活,他仍舊致力創作音樂,同時開展他的文學創作,結果兩

方面都有所收穫。

通緝令取消後，瓦格納返回德國，那時他已變成了五十多歲的中年人了。

瓦格納的著名歌劇《羅恩格林》上演以後，引起了人們的讚賞。皇太子路德維希更是深深的感動，他曾說：「我如果做了國王，一定要把我尊敬瓦格納的心，告示全天下。」

路德維希後來真的接任為國王，要實現他的願望。他把瓦格納召到首都慕尼克來，奉為上賓。還在風景優美的拜羅伊特街，建造了一座精美、完備的歌劇院。一生辛苦的瓦格納，在這裏得以安度他的晚年。

此時，瓦格納也收穫了人生中的一份忘年友情。再沒有第二個像哲學家

尼采一樣崇拜瓦格納的人了！尼采當時還是一個二十多歲的青年，而瓦格納已是五十多歲的中年人；他們一個研究哲學，一個研究音樂。但誠摯的尼采竟然打動了瓦格納，兩人很快成為了忘年之交。

瓦格納晚年時居住在羅濟倫湖畔，那裏明媚的風光，真是賞心悅目。那時尼采已是著名的哲學家，在某大學任教。每逢休息日，他就來到羅濟倫湖，探望瓦格納，而瓦格納也總是跟妻子一起歡迎這年輕人，一起邀遊於羅濟倫湖中。

兩個偉人的深厚友誼，在他們的人生經歷裏，都是一筆寶貴的財富。

曇花一現：開放時間很短。比喻美好的事物或景象出

現了一下，很快就消失。

賞心悅目：指看到美好的景色而心情愉快。

遨遊：指漫遊，遊歷。

深厚的友誼是人一生中寶貴的財富。

ABAC式疊詞

使用疊詞，可以起強調作用，讀起來朗朗上口，富有音樂美。

「ABAC」是常見的疊詞形式，即第一個字和第三個字重疊，如可歌可泣。

下面是一些常見的ABAC式疊詞，你能把它們找出來嗎？

1. □心□意　□五□十

2. □發□中　□戰□勝

3. □明□白　□三□四

4. □吉□利　□開□合

5. □緣□故　□窮□盡

6. □暴□棄　□作□受

鋼琴大師勃拉姆斯

勃拉姆斯，1833-1897

　　勃拉姆斯（Johannes Brahms）是德國人。父親本是開飯店的，因為太愛好音樂，竟然拋棄了飯店生意，搬到大都會漢堡居住，在劇場裏當一名音樂演奏員。他除了在劇場演奏以外，在家裏也

總是用功練習，因此他的家裏每天都不間斷地響着音樂。

勃拉姆斯頗有音樂才華，又生長在音樂之家，得到父親的指導，當然從小就在音樂方面有好的成績。六、七歲時，他已經能用一雙小手，在鋼琴上彈奏出艱深的樂曲。十四歲時開始出席音樂會演奏鋼琴，因為技巧精熟，聽眾席上總是掌聲不斷。人們都預測他將來一定是位鋼琴演奏大家。

少年勃拉姆斯奉父親之命，陪着朋友波希米人雷梅尼，到各地旅行演奏。雷梅尼是小提琴演奏者，勃拉姆斯是鋼琴演奏者，他們一起練習合奏，還預備了許多合奏樂曲。

小提琴是輕便的樂器，可以隨身攜

帶，可是鋼琴非常笨重，除了到各地借用外，沒有別的方法。好在崇尚音樂的德國到處可以借到鋼琴。有一次，他們旅行到一個小市鎮也開起演奏會來，然而這個小市鎮只有一架破舊的鋼琴，不得已下勃拉姆斯只能用它來演奏了。

演奏開始了，聽眾們靜候着這對音樂家的演奏。第一節就是他們的合奏。勃拉姆斯打開了鋼琴，正想演奏，忽然發現這鋼琴的聲音，跟小提琴的聲音高低不同，和不起來。原來這鋼琴不但破舊，製造又極粗糙，發音沒有矯正，比普通的鋼琴要低半個音。他們的合奏曲因此要受到影響，勃拉姆斯心裏非常着急，只好拿出自己的高招來了。他為了要和雷梅尼的提琴聲，在鋼琴上臨時變

調，提高了半個音，結果真的跟提琴聲絲絲合扣，奏出了妙曼的音樂。一曲彈完，臺下的掌聲、喝采聲，如雷鳴般響起。

在一般人看來，鋼琴上變一個調子，是一件極普通而容易的事。但是他們演奏的樂曲，非常繁複，變調雖非絕不可能，但也是相當不容易做到的事。勃拉姆斯臨時變換調子，而且能照常地合奏起來，這樣精熟的技能，怎能不使人佩服呢？稱他為鋼琴大師，真可謂當之無愧！

　　熟能生巧，任何過硬的本領都是勤學苦練的結果。

提琴名家帕格尼尼

帕格尼尼，1782-1840

　　上面講的許多故事，都是關於鋼琴家、作曲家的。現在要介紹一位提琴名家——帕格尼尼（Niccolo Paganini）。

無師自通，自學成才

帕格尼尼是意大利人，生於二百三十多年前。他的父親精通音樂，喜歡彈奏曼陀鈴（樂器的一種）。帕格尼尼幼時，父親就教他曼陀鈴和小提琴。父親很希望他成名，所以管教非常嚴厲。帕格尼尼稍不用心，略有錯誤，就被無情地鞭打，使幼小的帕格尼尼經常淚如雨下。他慈愛的母親看見這樣的慘狀，只有暗暗地為他流淚，卻不敢為他求情。

某夜，母親夢見一個天使降臨，對她說：「我是受了天神的命令而來的。你慈愛的母心已感動了天神，天神可以允許你任何一個願望，你快說出來吧！」

母親非常歡喜，對她叩頭說道：「我不想要自己的榮華或長壽，只希望我的

孩子能夠成為世界第一的提琴大師。求天神允許。」

天使微笑地回答：「這願望已經傳達給天神，他應允了你的請求！」

夢醒後，母親覺得非常奇怪，就告訴了帕格尼尼，並勉勵他要努力成為世界第一的提琴大師。

在父親嚴厲指導下的帕格尼尼，六歲時已經出席音樂演奏會，奏出極美妙的小提琴樂曲。父親知道自己的本領比不上兒子，不能再教他了，就去請教一位知名的小提琴老師，請求他收為學徒。自大的老師看到這小孩子要學小提琴，奇怪的說：「這樣小的孩子怎麼想學小提琴呢？先讓他試奏一曲吧！」帕格尼尼不客氣地拿起小提琴，奏了一首

很難的曲子。先生聽後驚奇地說：「真了不得！我的能力還不及他。對不起，請你們另請高明吧！」

之後，帕格尼尼兩父子找過許多小提琴老師，最終竟然沒有人敢教他。帕格尼尼沒有辦法，只得靠自己的天份，獨個兒用功練習。到了八歲時，帕格尼尼不但把小提琴拉得出神入化，而且還能創作小提琴樂曲。

這樣一位自學成才的音樂家，可謂是真正的天才！

另請高明：另外請一個較高明的人，意即不想受委托或聘請。

用皮鞋演奏音樂

帕格尼尼演奏小提琴時，就像手指拿着弓在跳舞，快得看不出手指的停留。發出的聲音千變萬化，讓人誤以為是仙樂下凡。很多人都這樣說：「帕格尼尼的小提琴，肯定與普通人用的不同。因為只有特別的裝置，才能奏出這樣美妙的聲響來。」

有一次，帕格尼尼在音樂會上再次奏出了使人驚歎的音樂。一個聽得入神的貴族，用懷疑的口吻問帕格尼尼：「你的小提琴有特別裝置嗎？」帕格尼尼搖頭微笑答道：「沒有一點特別，你倘若不信，可以拿去檢查。」那個貴族接過小提琴，仔細地檢查後，看不出一絲異樣。

帕格尼尼接着打趣地說：「不論甚麼東西，凡是有弦線的，我都一樣能演奏給你聽。」貴族聽後很驚奇，就開玩笑似的指着自己的皮鞋說：「在皮鞋上綑上幾根弦線，也一樣能夠演奏麼？」帕格尼尼堅決地說：「當然可以！」

好奇的貴族真的脫下一隻皮鞋，遞給帕格尼尼，請他演奏。帕格尼尼一點都不覺得為難地接過皮鞋，釘了幾口釘，裝上弦線，然後左手拿着皮鞋，右手拿起彈小提琴的弓，像彈小提琴一樣彈奏起來。神奇的是，皮鞋真的嚶嚶地奏出一首優美的樂曲，眾人都驚呆了。帕格尼尼竟然真的做到，他演奏技術的精妙，令人歎為觀止。那個貴族驚奇讚美之餘，馬上把皮鞋當作珍品，小心翼

翼地收藏起來。

異樣：異於尋常的，特別的。

打趣：意思是拿人開玩笑。

歎為觀止：看到這裏就可以不再看了，稱讚所看到的
事物好到極點。

　　只要功夫深，鐵棒也能磨成繡花針；只要有恒

心，肯努力，做任何事情都能成功。

幫助賣藝少年

　　帕格尼尼曾經與友人到奧地利首都維也納遊玩。他們在街頭漫步時，忽然聽見一陣小提琴的聲音，和着意大利民謠的吟唱。帕格尼尼奇怪地對友人説：「這小提琴的演奏者，一定是意大利人。怎麼這裏有祖國的同胞在演奏呢？快去看看！」

　　他們依着聲音的方向尋去，看到一個少年拉着破舊的小提琴，當街賣藝。可惜他的琴藝並不高妙，只吸引了寥寥幾個觀眾，並且沒有人願意掏錢出來。

　　帕格尼尼擠了進去，問這少年：「你是意大利人麼？」少年停止了演奏，略為羞澀地回答説：「我是意大利人。」帕格尼尼也有些難為情了，他誠懇地説：

「你為甚麼遠離祖國來到這裏賣藝呢？
這是祖國的羞恥，你知道嗎？」

　　少年不安地答道：「我哪裏會不知
道呢！我實在沒有辦法了。年老的母親
臥病在牀，家裏毫無積蓄，我沒法為她
看病。我一開始在意大利賣藝，可是意
大利容不下我這樣平庸的音樂，於是我
到維也納來，希望通過演奏意大利民
歌，打動途人，增加一些收入。」

　　帕格尼尼對少年深表同情，很想幫
助他，可惜自己身上沒多少錢。於是，
他拿起少年的小提琴，自己演奏起來。
優美的音樂，頓時響徹雲霄，路上的行
人都被他吸引過來，一曲奏完，掌聲四
起。帕格尼尼放下小提琴，拿起少年污
穢的帽子，到四周的人羣中走了一圈，

不一會帽子就堆滿了錢幣，經清點後約有數百元。帕格尼尼把這些錢全數交給少年，並叮囑他說：「趕快拿錢回意大利為母親看病吧，以後別再在國外賣藝了！」

以德報德

三十多歲的帕格尼尼，經常在意大利的大都會羅馬到處演奏，因為路途奔波，終於積勞成疾，患上了可怕的肺病。房東知道他的病情後，堅決地把他驅逐出去。帕格尼尼身體太虛弱了，沒法走動，只好躺臥在路旁。路過的行人，沒有一個敢走近他。幾天之後，帕格尼尼已經病得奄奄一息、命懸一線了。剛巧一個朋友前來探望他，看見他躺臥在路

旁，非常難過，就不顧一切地把他抱起來，僱了一輛車子，然後送回自己的家裏。他不但細心地照顧他，還想方設法地找醫生治療他，不久之後，帕格尼尼竟然奇跡般慢慢復原起來。

為了感謝朋友的這份情義，帕格尼尼把自己彈奏小提琴的秘訣毫無保留地傳授給他。這位朋友也因為繼承了帕格尼尼的絕技，最終成為了有名的小提琴家。帕格尼尼以德報德的故事，一時成為美談。

響徹雲霄：形容聲音響亮，好像可以穿過雲層，直達
　　　　　高空。

奄奄一息：只剩下微弱的一口氣。引申為事物即將消
　　　　　亡或毀滅。

命懸一線：比喻身處危險之中，隨時都有可能失去生
　　　　　命。

字詞加油站2

AABC式疊詞

「AABC」（奄奄一息）是人們最常用的疊詞形式，幾乎每篇文章都可以遇到。

考考你，下面的疊詞，你能猜出來嗎？

蒸蒸　井井　落落　滔滔　欣欣　格格
忿忿　比比　斤斤　津津　息息　循循

1. □□不絕　　□□不平

2. □□皆是　　□□有味

3. □□有條　　□□不入

4. □□大方　　□□計較

5. □□日上　　□□善誘

6. □□向榮　　□□相關

60

印象主義音樂大師德彪西

德彪西，1862-1918

「印象主義」風格的形成

一百五十多年前，德彪西（Achille-Claude Debussy）出生於巴黎的郊區，他的家族中沒有任何一個懂音樂的人，父親是一個雜貨店的店主，收入微薄，無

法給自己的兒子提供任何種類的教育，他甚至計劃讓德彪西早早成為一個水手，以減輕家庭的負擔。

好在德彪西七歲的時候，遇到了一位好心腸的夫人。這位夫人曾經是蕭邦的學生，她發現了德彪西身上的音樂天賦，對他很感興趣，於是免費為他上音樂課，教他彈奏鋼琴。德彪西十分珍惜這個難得的機會，他學得非常認真。他的努力終於得到了回報：在十一歲那年，德彪西考上了巴黎音樂學院，成為學院的一名正式學生。

在音樂學院時，一位富有的俄國貴婦想請家庭音樂教師，德彪西被挑中了。他教那位夫人音樂，同時還隨她去歐洲各地，包括佛羅倫斯、維也納、威

尼斯等大都會旅遊。這幾次旅遊對他而言真是增加了見識，開闊了視野，他接觸到各地不同的音樂風格，對他以後的作曲有很大的幫助。後來他在那夫人的莊園裏住了一段時間，又認識了一些俄國的作曲家。德彪西虛心地向他們學習作曲方法，對他們具有民族特色的作曲技巧非常感興趣。

一年以後，德彪西回到巴黎音樂學院，並像法國許多別的音樂家們一樣，以贏得「羅馬獎」來完成了他的音樂學院課程。雖說先後得到「羅馬獎」的音樂家不少，但年紀輕輕就得到這樣的殊榮還真是絕無僅有呢，德彪西的音樂才華可想而知。

說起來，德彪西的音樂跟當時大

部分法國的作曲家是不一樣的，他有自己獨特的風格。他對傳統音樂做了許多改革，融合了俄羅斯的民族風格，還有一些東方打擊樂的色彩。他之所以敢這樣做，正是因為他擁有一雙任何一個音樂家都不曾有過的敏銳的耳朵。也就是說，德彪西比一般人聽得見更多的音律。所以他創作出來的音樂，就像是一首首優美、空靈的詩歌。他的音樂，也被後人稱為「印象主義」的音樂。

除了作曲，德彪西也從事音樂評論的工作。他的評論非常中肯，言辭犀利，很受人尊敬，曾出版過音樂評論集。他的音樂和樂評對當時的世界樂壇有很深的影響。

殊榮：指非同一般、不同於別人的榮譽。

融合：指如熔化那樣融成一體。

空靈：指靈活而無法捉摸。

犀利：堅固銳利。又形容語言、文辭、感覺、目光等
　　　的尖銳鋒利。

獨特個性造就迷人音樂

也許是從小就跟貴族打交道的緣故吧，德彪西一直品位不俗。當他同齡的小夥伴們還在對那些便宜糖果垂涎欲滴的時候，他卻寧可選擇一小塊精緻蛋糕。當他長大之後，成為了品位超卓的人士，買的書籍、印刷品無不精美絕倫，飲食方面也非常講究。他是偏好魚子醬的美食家，穿衣裝扮更是盡善盡美、精心搭配，流行的衣飾都曾出現在他身上。總之，德彪西對生活品質的好壞是非常看重的。

德彪西是天生的叛逆者，從小就有滿腦子疑問，往往對長輩提出一些令人費解的問題，而自己卻不以為然。在音樂學院學習時也對老師提出諸多挑

戰，令那些小有名氣的音樂老師們七竅生煙，火冒三丈。在音樂學院，他對於作曲的課程是非常用心的，但卻是學校中出名的叛逆學生。他從來不遵守一些傳統音樂家提出的某些不合理的作曲規則，總喜歡追求新奇的和聲與天馬行空的旋律。他曾說：「我熱愛音樂，因為我愛它，所以我要使他擺脫任何傳統的束縛。」但是，學院派的老師們常常對他的標新立異深表不滿，有時會直接對他加以斥責。總之，在很多人眼裏，德彪西是個很難相處的人，朋友極少，說得上話的只有兩三個人而已。

也許正是德彪西這種令人着迷又爭議不斷的個性，才能做出有獨特魅力的音樂吧！

在德彪西四十多歲時，曾創作樂曲《大海》，它是德彪西最宏大的音樂作品，由三個不同內容的部分組成。第一部分是《海上的黎明到中午》，這部分描寫了大海的潮水聲，夜幕揭開，一絲光亮照在海面上，一輪紅日漸漸升起，天空由紫色變為了青色，逐漸地增加了光輝；第二部分《波浪的遊戲》生動地描繪了白色的浪花拍擊海岸時的情景，裏面還描寫了小波浪來回動盪的音響；第三部分《風和海的對話》描寫了海風吹到海面，引起陣陣騷亂的潮聲，就好像風和海的對話。

這首樂曲就是用了「印象派」的手法，不僅描繪出了一幅引人入勝的大海景象，同時也表現出德彪西對大自然景

物的歌頌和讚美。關於這首樂曲，還有一段趣話呢：

　　巴黎有一位從來沒有親眼見過大海的紳士，在欣賞德彪西的《大海》時，彷彿真的看到了驚濤拍岸、浪花飛濺的景象，這給他留下了不可磨滅的印象。後來，當他到海邊旅遊時，見到了真正的大海，反而覺得有些「不對勁」了。待他旅遊歸來，再次欣賞德彪西的《大海》時，才找回當初的感覺。這時他不禁驚歎道：「哦！這才是真正的大海啊！」

　　在《大海》這部作品中，德彪西採用了非常多的技巧，後來人們評價這部作品為「前所未有的、法國人寫的最好的樂曲」。當時與德彪西同時期的很多法國作曲家都受到了德國音樂的影響，

卻很少有人可以像德彪西這樣，可以在
作品中盡情地展示法國人的藝術特質。

垂涎欲滴：饞得連口水都要滴下來了。形容十分貪婪
　　　　　的樣子。

盡善盡美：形容事物完美到沒有一點兒缺點。

天馬行空：像是天馬騰起在空中飛行一樣。比喻詩文
　　　　　氣勢豪放。

標新立異：提出新奇的主張，表示與眾不同。

引人入勝：引人進入佳境。現多用來指風景或文藝作
　　　　　品特別吸引人。

不可磨滅：永遠消失不了。指事蹟、言論等將始終保
　　　　　留在人們的記憶中。

迷人的個性可以創造出迷人的音樂。

圓舞曲之王
小約翰·史特勞斯

小約翰·史特勞斯，1825-1899

小朋友，你曾看人跳過華爾滋
（Waltz）嗎？當人們邁著輕靈的舞步，

跟隨着優美的樂曲節拍前進、後退、旋轉的時候，可曾想過那美妙的舞步是怎麼來的嗎？說到這個，讓我們先了解一下甚麼是華爾滋吧！華爾滋，也就是圓舞，是從奧地利傳來的一種民間舞蹈，它旋律流暢，節奏明快，由於舞蹈時須由兩人成對旋轉，因而被稱為圓舞，而伴奏的音樂就被稱為圓舞曲了。圓舞一開始僅用於當地的社交舞會，後來在全世界都流行開來，這恐怕要歸功於大音樂家小約翰・史特勞斯（Johann Baptist Strauss）了。

音樂實力征服大眾

約一百九十年前，小約翰・史特勞斯出生在奧地利的音樂世家。他的父

親是大名鼎鼎的音樂家老約翰‧史特勞斯，人稱「圓舞曲之父」，兩個兄弟約瑟夫‧史特勞斯和愛德華‧史特勞斯也是著名的音樂家。小約翰六歲就瘋狂地迷上了音樂，人們都覺得他會在父親的感染和幫助下，輕鬆地走上音樂之路，事實卻並非如此。

老約翰雖然自己是有名的音樂家，但他卻認為音樂家的生活太嚴酷了，不希望兒子以後過這樣的苦日子，所以他一心希望小約翰成為銀行家而不是音樂家。可惜事與願違，小約翰還是從小暗地裏跟父親的樂隊隊長學習小提琴，又跟一位捷克作曲家學習作曲，立志像父親那樣以音樂為職業。

當老約翰發現小約翰不顧自己的反

對，仍舊把時間「浪費」在音樂上時，生氣之餘，明確地表示對他的音樂理想沒有任何興趣。有一次，小約翰要舉辦個人音樂會，父親甚至派人到他的音樂會上搞亂。

果然，在音樂會上，一曲完畢，台下響起了一陣陣的噓聲。對於這一切，小約翰沒有感到沮喪，他只想認真地演奏好自己的樂曲。他盡量使自己平靜下來，並開始演奏第二支曲子。那是他自己創作的一首圓舞曲，名字就叫《母親的心》，這也是他獻給母親的一曲首子。當這支曲子演奏完時，奇跡出現了。那些搞亂者，竟然忘了自己是來搞亂的，跟其他人一樣都爬上椅子，揮舞着帽子、披巾、手絹，掌聲、喝采聲一浪接着一

浪，經久不息。因為那首樂曲實在太動聽了，以至於聽眾欣喜若狂，不能自已。接着他又演奏了另一支圓舞曲《理性的詩篇》。聽眾們聽得如癡如醉，在他們一再要求之下，他竟然反覆演奏了十幾遍，這可真是從來沒有過的事。小約翰·史特勞斯用自己的實際行動告訴人們：對付搗亂者最好的辦法，就是用音樂征服他們，將他們變成自己的支持者。

就這樣，他不但贏得了巨大的成功，也贏得了父親的理解。

大名鼎鼎：形容人的名氣很大。

沮喪：形容人的心情灰心失望、不開心。

欣喜若狂：形容人高興到了極點。

不朽名曲《藍色多瑙河》

　　十九歲時，小約翰・史特勞斯已經帶着一支由十五人組成的樂隊，舉辦了一系列音樂會，並在各地巡迴演出，很快就獲得與父親一樣的成就。後來他被皇室選中，先後擔任了王室的宮廷舞會樂隊隊長、宮廷舞會音樂指揮等職位。這期間，他做了創新，將平民的圓舞曲提升為宮廷高雅音樂，同時音樂風格也更加成熟，以至受到上至宮廷、貴族，下至平民，遠至歐美民眾的熱烈喜愛。

　　小約翰・史特勞斯的一生完全在創作和演出中度過，他的指揮和演奏非常精彩，能使聽眾如癡如醉，他的作品也贏得了許多著名音樂家的讚賞，有人曾稱他為「絕妙的魔術家」。 他演出活

動的最高潮是有一次去美國訪問演出，音樂會在特別建造、可以容納十萬聽眾的大廈內舉行，而演奏者竟有二萬人之多。為此，大會特別安排了一百名指揮給他當助手，盛況可謂空前。

他創作的經典名曲《藍色多瑙河》，不但影響了整個歐洲，還被全世界人們所熟知。它被譽為「奧地利第二國歌」，每年維也納新年音樂會都將該曲作為保留曲目演出。

關於《藍色多瑙河》的創作，有一個有趣的故事。一次，小約翰·史特勞斯回家時換下一件髒襯衣，他的妻子發現這件襯衣的衣袖上寫滿了五線譜。她知道這是丈夫靈感乍現時隨手記錄下來的，便將這件襯衣放在一邊。幾分鐘以

後回來，她正想把它交給丈夫，卻發現這件襯衣不翼而飛了。原來，在她離開的瞬間，洗衣婦已經把它連同其他髒衣服一起拿走了。她不知道洗衣婦的居所，就坐着車子到處尋找，奔波了半天，也沒有下落。在她快要絕望的時刻，一位酒店裏的老婦人把她領到那洗衣婦的小屋裏。她猛衝進去，見到洗衣婦正要把那件襯衣丟入盛滿肥皂水的桶裏。她急忙抓住洗衣婦的手臂，搶過了那件髒衣，挽救了衣袖上的珍貴樂譜，而這正是小約翰・施特勞斯的不朽名作——《藍色多瑙河》圓舞曲。

小約翰・史特勞斯繼承了父親的音樂才華，並且「青出於藍勝於藍」。他一生的作品總共有五百首左右，其中圓舞

曲就有四百多首，所以人們送給他「圓舞曲之王」的稱號。他的音樂充滿歡快、熱情、幽默的情緒，曲調扣人心弦，充分反映了奧地利人熱愛生活的思想感情。

不翼而飛：沒有翅膀就飛走了。形容消息等流傳迅速；也比喻東西突然不見了。

青出於藍勝於藍：

青從藍色中提煉出來，但顏色比藍色更深。形容更勝一籌。

扣人心弦：指因感動而引起共鳴。形容言論或表演深深地打動人心。

英年早逝的喬治・比才

喬治・比才，1838-1875

　　說起世界上演出率最高的一部歌劇，你能想到是哪一部嗎？對了，就是《卡門》。它的作者是生於一百八十年前的法國作曲家喬治・比才（Georges

Bizet）。

喬治・比才的父親是一位聲樂教師，母親是鋼琴家。比才繼承了父母的音樂才華，才四歲時就可以讀譜。九歲時以優異的成績進入巴黎音樂學院，跟當時一些有名的音樂家學習音樂。後來他獲得了羅馬作曲大獎，被邀請去羅馬進修三年。

25 歲時，比才完成了第一部歌劇《採珍珠者》，而後推出《帕思麗珠》，但兩部歌劇並沒有得到太大的迴響。但他沒有放棄，繼續創作了《嘉米蕾》，雖然還是沒有成功，但這時的比才已經找到自己的創作風格。不久以後，比才為都德的話劇《阿萊城的姑娘》創作配樂，完成後大獲好評。

比才新婚不久後參加了國民自衛軍。退役後一直住在塞納河畔旁的村落布日瓦勒進行創作。他探索着各種作曲方法，嘗試不同音樂形式，譜寫交響序曲、鋼琴曲等，為創作歌劇做準備。

　　在三十五歲那年年初，比才開始創作歌劇《卡門》。這一部根據作家梅里美同名小說改編的歌劇，比才花了差不多兩年的時間，廢寢忘食、夜以繼日地進行創作才得以完成。對於這部嘔心瀝血之作，比才當然是寄予厚望。當《卡門》在巴黎歌劇院首演時，比才滿懷期望，本以為可以大獲成功，結果卻意外地慘遭失敗。當時人們對他的作品中「大膽的表現手法感到震驚；劇中的情感表達太直接，使人覺得受到了冒犯」，而且

很多人認為這是一部「污穢的作品」，
「音樂上簡直不知所云」等等。

這些言論傳到比才耳朵裏，他為此
十分痛苦，據說整夜徘徊在巴黎的街道
上。但他不知道的是，其實同時代的一
些著名音樂家對《卡門》是非常讚賞的，
甚至當中有人大膽預言：「十年之後，
《卡門》將成為世界上最受歡迎的歌劇。」
後來的事實驗證了他們的看法，《卡門》
成為最著名的歌劇作品之一，也是歌劇
史上演出最多的作品。

不幸的是，比才最終未能等到這一
天。首演慘敗，一直以神童著稱的比才，
受不了這樣沉重的打擊，他抑鬱到一病
不起，僅過了三個月，就在布日瓦勒與
世長辭，年僅 37 歲。

五年之後，《卡門》再度在巴黎上演，這一次終於獲得極大的成功，引起了巨大轟動，從此，《卡門》成為世界歌劇之一。恰巧的是，重演的日子剛好就是比才出殯的日子。

　　比才的作品使法國歌劇脫離了淺薄、浮華的缺點，體現了法國特有的喜歌劇傳統，代表了十九世紀法國歌劇的最高水準。可惜這樣一位才華卓絕的音樂家，卻因接受不了一時的失敗而走上絕路。看來一個人的成功，除了要有過人的才華，有時也需要更多一點耐心。像喬治・比才這樣的音樂天才，實在讓人不由得為他扼腕歎息。

嘔心瀝血：比喻用盡了心思。多形容為事業、工作、
文藝創作等用心的艱苦。

不知所云：不知道說得是些甚麼。形容說話內容混
亂，無法理解。

抑鬱：即抑鬱症。這病的症狀是情緒低下，終日悶悶
不樂。病情嚴重時，思維、言語和動作都會變
得很緩慢。

扼腕歎息：握着手腕發出歎息的聲音。形容十分激動
地發出長歎的樣子。

博學多才的聖桑

聖桑，1835-1921

多才多藝的音樂家

如果要在音樂家中選出最博學的一位，那一定非聖桑 (Cammille Saint-

Saens）莫屬了。因為這位音樂家除了精通音樂外，也曾深入鑽研天文學和物理學。此外他還寫詩，寫劇本，寫評論文章，寫哲學著作，更精通多種語言……且讓我們來看看這位神奇的大師的故事吧！

一百八十多年前，聖桑出生在法國巴黎，父親是貧苦農家出身，母親則是一位水彩畫家。父親在聖桑兩個月大時去世，聖桑由母親和姨母共同撫養。他的姨母是位音樂家，於聖桑兩歲半時開始教他彈琴。聖桑三歲生日剛過，他就寫出了第一首鋼琴小品，這份稚嫩的作品至今還保存在法國國家圖書館中呢！五歲時，他寫出附有鋼琴伴奏的歌曲；七歲他已經正式跟着音樂名家學琴，並

跟大師學習作曲了；十歲時和比利時的小提琴家貝塞姆斯合作演出貝多芬的小提琴曲，幾個月後更首次舉辦鋼琴獨奏會，演奏曲目包括巴赫、亨德爾、莫札特及貝多芬等人的作品。這時的他竟然能夠不看譜就憑記憶彈奏出貝多芬的三十多首鋼琴曲。這種天賦恐怕真是世上少見！天才少年因此而一舉成名。

聖桑十三歲時進入巴黎音樂院學習，選修風琴和作曲，學習期間獲得無數演奏和作曲獎項。他的天份及名氣吸引了名鋼琴家李斯特，他們相識了，並且成為好朋友。李斯特的音樂對聖桑日後的創作影響非常大，而李斯特在聽過聖桑的管風琴即興演奏之後，竟稱他為「世界上最偉大的管風琴家」。不光是李

斯特，柏遼茲也稱讚他説：「無所不知，缺少的不過是一點點實際經驗。」不管怎麼説，青年時期的聖桑，才華確是出類拔萃的。

當然了，聖桑是個音樂家，但他又不滿足於僅僅做一個音樂家。事實上，聖桑可以稱得上多才多藝。他對一切事物都感興趣，總是在興致勃勃地研究學習各種東西，而且他擁有超凡的記憶力，只要聽過、讀過的，都能毫無差錯地放在腦袋裏。他還是一個能夠「一心二用」的人，例如他經常一邊搞配器，一邊同別人閒聊，兩不耽誤。

聖桑早年曾研究地質學、考古學、植物學及昆蟲學，本身也是一位數學方面的專家。後來，除了作曲、演奏及寫

音樂評論外，他還與歐洲知名的科學家進行討論，撰寫了聲學、巫術、劇院裝修及古老樂器方面的文章。他甚至曾編寫一份哲學著作，講述科學及藝術將來會取代宗教的觀點。他的其他學術成就還包括一冊詩集，以及一個十分成功的喜劇劇本。對了，聖桑還是法國天文學會的成員，他懂得按自己的需要製作望遠鏡，還會按照天文現象來安排自己的演奏會。

除此之外，聖桑還是一位旅遊愛好者，他一生酷愛旅行，足跡遍佈全球。他曾數次旅行、居住在北非，《阿爾及利亞組曲》和《非洲幻想曲》就是描寫他對北非的印象。七十歲以後，聖桑仍然到處旅行及舉行音樂會。直至八十六

歲，聖桑在阿爾及利亞旅遊避寒時，不幸染上急病離世。

一舉成名：過去指一旦中了科舉就揚名天下。現在指一下子就出了名。

出類拔萃：形容人的品德、才能超出同類之上。

興致勃勃：形容興趣很濃，興頭很高。

對於一位天賦異稟的音樂家，博學到底是好事

還是壞事？

《動物狂歡節》之《天鵝》

聖桑活了八十多歲，一生可謂多姿多采。他的音樂作品數量超過一百七十部，然而流傳下來的只有三、四首而已。這成果對於一個天賦異稟的音樂家來講，多少還是有點可惜的。或許聖桑的一生想要完成的事情太多，到頭來音樂反而並沒有留下多少精品吧。

聖桑最有名的作品是音樂組曲《動物狂歡節》。這個曲子的來歷是這樣的：

51歲時，聖桑到奧地利的一個小鎮拜訪朋友，而這個拉大提琴的朋友正在為當年的狂歡節音樂會中所要表演的曲子傷腦筋。童心未泯的聖桑想幫助朋友解決他的難題，於是決定以動物為題材，選用了許多前輩的作品進行改編，

完成了一部逗趣、詼諧的音樂組曲《動物狂歡節》。在這部樂曲中，聖桑以生動的手法，描寫了各種動物如獅子、公雞母雞、大象等在熱鬧的節日行列中，各種滑稽有趣的情形，整部組曲由十四首樂曲組成。

這部作品本來只是聖桑譏笑、嘲諷其他音樂家的作品，在他有生之年是不願公開的。因為他覺得這些曲子大多是登不了大雅之堂的玩笑之作，除了組曲裏的第十三首曲子——《天鵝》。《天鵝》可能是聖桑寫《動物狂歡節》時唯一一首正正經經地譜寫的作品，因此他本人對這首優美的曲子也是情有獨鍾。這首小曲優雅、溫柔，與其他樂曲的風格差異十分明顯，描寫了一隻高貴的天鵝緩

緩滑行在水面上的場景，牠時而凝視遠方，時而低下頭輕啄羽毛，最後漸行漸遠，只留下湖面上餘波蕩漾的痕跡。《天鵝》也是《動物狂歡節》中流傳最廣的一首，常常被拿來單獨演奏，成為聖桑代表作中的代表。

天賦異稟：上天賦予的不同尋常的天資或才華。

童心未泯：形容成年人還有着孩子的天真。

詼諧：就是有幽默成份在內，讓人發笑的意思。

大雅之堂：高雅的廳堂。比喻高的要求，完美的境界。

字詞加油站 3

ABCC式疊詞

跟「AABC」式一樣，「ABCC」(興致勃勃)
也是人們最常用的疊詞形式之一。

試試看，下面的疊詞你能認得多少？

非非　洋洋　堂堂　重重　鼎鼎　事事
紛紛　惶惶　迢迢　洋洋　茫茫　沉沉

1. 想入□□　　無所□□

2. 大名□□　　千里□□

3. 死氣□□　　議論□□

4. 喜氣□□　　相貌□□

5. 心事□□　　得意□□

6. 人海□□　　人心□□

天才音樂家柴可夫斯基

柴可夫斯基，1840-1893

從玻璃男孩到音樂大師

　　一百七十多年前，柴可夫斯基（Peter Lynch Tchaikovsky）出生在俄國沃特金斯克附近的一個村莊。他的父親是

一位礦業專家；母親喜歡音樂，歌聲非常甜美，又彈得一手好鋼琴。在柴可夫斯基心中，媽媽就是音樂的化身。他常常入迷地聽媽媽唱歌，小小的心靈裏悄悄地萌發着音樂的種子。四歲時，憑着稚嫩的樂感，他幫助母親創作了樂曲《媽媽在彼得堡》；五歲時，在母親的教導下開始學鋼琴。

小時候的柴可夫斯基充滿幻想，多愁善感，喜歡朗誦詩歌和文學。五歲時，有一次父親在家中播放歌劇《唐璜》的唱片，小柴可夫斯基的情緒隨着音樂強烈地起伏，當聽到憂傷處竟然放聲大哭，全家人都被驚動了。從此，他得到了一個「玻璃男孩」的綽號。身邊的人都對他小心翼翼，生怕傷害了他易碎的心靈。

八歲時，由於父親工作調動，一家人遷往聖彼德堡居住，柴可夫斯基也進入當地的學校讀書，並正式接受鋼琴教育。遺憾的是，雖然父母親知道柴可夫斯基有一些音樂天份，但卻並不認為他能成為專業的音樂家。為了日後的生計，父母親把他送進一家法律學校學習法律。

但是，柴可夫斯基對音樂一直念念不忘，一有空時就試着作曲，十五歲時還偷偷跟着一位德國老師學彈鋼琴。十九歲時，柴可夫斯基終於從法律學校畢業，他順利地進入司法院擔任事務員。很快，冰冷枯燥的法律工作讓柴可夫斯基感到厭倦，他心中對音樂的渴望卻在一點點增長。

二十一歲時，柴可夫斯基終於成功說服父親，同意讓他在業餘時間進入聖彼德堡音樂院學習作曲和演奏。但這樣對他來說還是不夠的，一年後柴可夫斯基不顧家人反對，堅決辭去司法院的工作，成了音樂院的正式學生。此時柴可夫斯基終於置身在音樂的殿堂，暢遊在音樂的海洋裏了！他非常珍惜這個難得機會，廢寢忘食地學習音樂。當他從音樂學院畢業時，畢業作品是一部以席勒的《歡樂頌》為題材的音樂劇，獲得了學院的銀質獎章，這在當時是很高的榮譽。

　　柴可夫斯基的才華得到了賞識，他被聘請到莫斯科音樂院擔任音樂老師。在這裏，他的工資雖然不高，卻有了充裕的時間來作曲。因此他在到任的第一

年，就創作了樂曲《冬之夢》，這也是他的處女作。首演的時候觀眾的熱情並不高，但就是這首曲子拉開了天才作曲家柴可夫斯基創作的帷幕，隨後他的佳作頻頻問世。

柴可夫斯基在莫斯科音樂學院當老師，一當就是十一年，這期間他創作了《第一鋼琴協奏曲》、芭蕾劇《天鵝湖》、四部歌劇、三部交響樂曲和一些篇幅較短的作品。柴可夫斯基在三十七歲時婚姻破裂，這對他打擊很大，使他差一點自殺。在一片吵鬧聲中，心力交瘁的柴可夫斯基逃離了莫斯科。然後他大病一場，跟着辭去了音樂學院的工作。可是，沒有了工作的柴可夫斯基該靠甚麼生活呢？幸運的是，這時他跟一位極其熱愛

音樂的俄國富商的遺孀——梅克夫人開始了通信。這位有錢的夫人慷慨地表示要資助柴可夫斯基，令他在失去工作後不用為生活發愁，安心地進行創作。他後來的很多作品都是獻給這位夫人的。

此後，柴可夫斯基有時在俄國，有時在西歐，居無定所。作品《意大利隨想曲》以及另外兩部歌劇作品的成功，讓柴可夫斯基聲名鵲起。四十八歲時，他開始享受俄國皇帝賜予他的豐厚年俸，還多次以優秀指揮家和作曲家的身份出訪外國，他的名氣已經響徹世界樂壇。五十三歲時，柴可夫斯基完成了《悲愴交響曲》，這是一部自傳性的悲劇作品，也像是他為自己寫下的輓歌。在他第一次指揮演出這首曲子僅八天後，這

位天才音樂家就與世長辭了！

　　柴可夫斯基一生的作品數量眾多，形式豐富多變，在西方音樂史上是罕見的。他的作品深受世界人民的喜愛，到今天仍享有極高的聲譽。而他的古曲芭蕾舞曲《天鵝湖》、《胡桃夾子》等更是芭蕾舞曲中的典範，膾炙人口，歷演不衰。

　　柴可夫斯基曾經這樣說：「我音樂中的每個音符，都是出自我的內心深處。」為了紀念這位俄國最偉大的音樂大師，聯合國還曾將一九九〇年定為「紀念柴可夫斯基年」。

心力交瘁：形容精神和體力都極度勞累。

輓歌：指獻給死者的詩歌。

與梅克夫人的友誼

　　兩個人通信達十三年之久，卻從來沒有見過面，同學們，這樣的友情，你們能想像嗎？柴可夫斯基和梅克夫人之間就是這樣一段感情。

　　柴可夫斯基生活的年代，文學相當盛行，人們通常用寫信來保持聯繫。柴可夫斯基的感情更是比一般人豐富，從他一生竟寫了六千多封信就可以看出來。他最早的一封信是八歲時寫的，最後一封則是逝世前一個月寫的，僅就給弟弟的信就有一千多封，可以說是無話不談。

　　柴可夫斯基與梅克夫人的友誼就是由一封信開始的：梅克夫人酷愛音樂，喜歡彈鋼琴，丈夫死後給她留下了一大

筆遺產。有一次聽了柴可夫斯基的樂曲之後，她被深深打動了，對作曲家的音樂才華無比仰慕。因此她寫了一封長信把自己的感受告訴柴可夫斯基，隨後兩人展開了長達十三年之久的書信往來，不過有意思的是，他們倆卻約好了永不見面。他們通過書信，抒發各自的情感，交流對音樂的想法，互相成為對方的精神支柱，成了無話不談的「音樂知音」。她還每年資助六千盧布給柴可夫斯基，讓他用來創作和研究音樂，這在當時算得上是一筆巨款了。

梅克夫人在寫給柴可夫斯基的一封信中寫道：「在你的音樂裏，人們能夠感受到至善至美，並觸摸到他們最深切的願望，還能獲得現實生活不能提供的

幸福。」作為回應，柴可夫斯基也創作了《第四交響曲》等著名樂曲獻給梅克夫人。

可惜的是，在柴可夫斯基五十歲時，他們倆的友情走到了盡頭。那時他接到了梅克夫人的一封絕交信，說自己的經濟情況變壞，沒法再資助他，並且要斷絕兩人之間的交往。柴可夫斯非常珍惜與梅克夫人的友情，這件事無疑對他造成了精神上的巨大打擊。

梅克夫人究竟為甚麼要跟柴可夫斯基絕交呢？這成為一個解不開的謎。

《天鵝湖》

說到芭蕾舞《天鵝湖》，人們的腦海裏都會浮現出四個白色小天鵝一起歡快起舞的美麗形象。這個藝術形象之所以能如此深入人心，恐怕跟劇裏面優美的配樂不無關係。這段配樂的作者就是柴可夫斯基。他在三十五歲那年為《天鵝湖》進行配樂，酬勞是八百盧布。對於當時年薪才一千五百盧布的柴科夫斯基來說，這可是一筆巨款了。

柴可夫斯基也決定將這次創作當作給可愛的外甥們的一份特殊禮物。因為這幾個孩子平時最喜歡閱讀的就是童話《天鵝湖》——一個青年騎士打敗惡魔，救出了被魔法變成天鵝的少女，最後與她結婚的神奇故事。

在這部音樂劇的創作過程中，柴可夫斯基做了很多革新，讓伴奏音樂變成了舞蹈的靈魂，讓人們在欣賞優美的旋律時，引起強烈的共鳴。《天鵝湖》因此達到了古典芭蕾音樂的最高峰，成為了芭蕾舞劇發展史上一部跨越時代的作品。

我音樂中的每個音符，都是出自我的內心深處。 —— 柴可夫斯基

天生的鋼琴演奏家
克拉拉・舒曼

克拉拉・舒曼，1819-1896

　　說起克拉拉・舒曼（Clara Schu-
mann），也許你首先想到她是著名音樂
家羅伯特・舒曼的妻子。可事實上，克

拉拉作為一位才華橫溢的女性鋼琴演奏家，她的成就在世界樂壇上也是獨樹一幟的。

克拉拉生於約兩百年前的德國萊比錫。父親維克是一位才華出眾、當時公認教學水準最高的音樂老師。他信念堅定，個性剛強。他認為真正的音樂家不應只是一味學習各種技巧，更應該培養個人的情操和感受力。對於克拉拉的一生，父親無疑是影響最深的人物。

克拉拉從五歲時開始跟父親學習鋼琴，八歲就能開獨奏音樂會，十二歲時以「音樂神童」的姿態公開演奏，之後再就以「天才少女鋼琴家」揚名音樂界。克拉拉小小年紀就能取得這樣驕人的成就，一方面因為她遺傳了母親優秀的音

樂天份，更重要的是維克對她精心的培養和系統的訓練。

　　如果一直遵照父親維克的想法走下去，克拉拉的人生會變得怎樣，我們不得而知。我們只知道，克拉拉在樂壇聲名鵲起的時候，她的愛情之花也在悄悄綻放。她愛上了父親的學生羅伯特‧舒曼。其實早在克拉拉十一歲時，舒曼就作為維克的「入室弟子」住在老師家中學習，那時舒曼二十歲。舒曼的到來給這個單調、冰冷的家庭帶來了歡聲笑語。因為父母親離異，克拉拉和她的弟弟妹妹從小就在父親的要求下埋頭學習音樂，兩耳不聞窗外事，同齡孩子那種無憂無慮的快樂對他們來說是陌生的。舒曼是個文學素養和幻想力都很豐富的

年輕人，經常給他們講童話故事，出有趣的小謎語讓他們猜，和他們玩捉迷藏等。可以想見，舒曼的出現，像是一束陽光突然照亮了克拉拉沉悶的生活。

維克其實早已察覺到女兒對舒曼的感情。然而這份感情對他來說是無法接受的，他對女兒有着很高的期許，他希望有朝一日可以把她送上音樂世界的巔峰。舒曼在他眼裏，只是一個愛幻想、神經衰弱又不切實際的音樂愛好者罷了，這樣的人怎配得上他的寶貝女兒呢？為此，維克故意分隔他們，將舒曼拒之門外，又帶着克拉拉去外地學習和演出。

儘管維克盡了最大努力百般阻撓，甚至威脅要開槍殺死舒曼，但怎樣都無

法阻擋兩個年輕人走在一起的決心。最終，克拉拉和舒曼克服重重困難，經受了種種考驗，走在一起，成為了我們所熟悉的那對光彩奪目的樂壇伉儷。

獨樹一幟：樹：立；幟：旗幟。比喻與眾不同，自成一家。

光彩奪目：指色彩十分鮮明，吸引了別人的目光。

天才少女用音樂征服維也納

在克拉拉和舒曼走在一起之前，克拉拉正準備去音樂之城 —— 維也納開演奏會，為了這次演奏會，她與父親維克已經準備了很久。儘管父女倆因為舒曼的問題有很深的矛盾，但是他們都明白征服「維也納」的重要性，因為這次演奏會也是克拉拉職業生涯中最大的挑戰。這時克拉拉十八歲，不再是神童，也不是新秀，因為人們已將她視為能與李斯特、蕭邦這樣的人物相提並論的大師，一位真正的音樂家、藝術家。

在表演前夕，克拉拉寫信給舒曼，信中寫道：「決定我命運的這一天來了！」在維也納首次公開演出那天，連奧地利皇后都親臨了現場，氣氛相當熱

烈。克拉拉果然不負眾望，演出十分成功，她應熱情觀眾的歡呼出來謝幕達十二次之多，連克拉拉都形容自己的維也納首演為「我的勝利」。第二場音樂會上，她謝幕的次數更增加到十八次，每一次都掌聲雷動，經久不息。就這樣克拉拉征服了維也納，成了公眾談論的焦點，「聽克拉拉演奏」已經成為一種時尚。

其實克拉拉算是一位相當低調的藝術家了，她一直避免引人注目，可是當公眾的熱情一次次將她推向舞臺的時候，克拉拉又展現出作為鋼琴家的優秀品質。這當然也是維克教育的結果：在兒童時期她就從不怯場，聽眾的關注只會說明她進入狀態。在維也納的時候，克拉拉起初有些緊張，後來就充滿了收

穫勝利的喜悅，再後來陷入疲憊，甚至厭煩彈奏。但是，只要登上舞臺，克拉拉就會一如既往、激情飽滿地在公眾面前彈奏。觀眾們的滿足也帶給她奇妙的感覺。

每一次演出，克拉拉都精心挑選自己演奏的曲目。她堅定地推廣那些她認為是最高品質的音樂，包括巴赫、貝多芬、孟德爾頌等在當時仍未被觀眾廣泛接受的音樂家的作品，也有自己的個人創作，如《維也納紀念》。

總之，這次維也納之行大獲全勝。無論對於克拉拉，還是對於維克都是如此。克拉拉成為音樂之城耀眼的明星，還被授予「奧地利宮廷演奏家」的稱號。維克也獲得了成功，他培養出一位真正

成熟、獨立、有品位的藝術家。他的教育方法通過克拉拉這個出色的弟子得到了人們的承認。

疲憊的婚後生活

克拉拉不顧一切地嫁給舒曼，是在她二十一歲那年。婚後十六年間，他們生了七、八個孩子，克拉拉生活的重心也從鋼琴演奏轉移到瑣碎的家庭生活裏。而舒曼在婚後進入到他創作的高峰期，推出了不少優秀的作品。但是好景不長，也許是老天爺妒嫉他們的幸福，要給他們一些磨難吧！後來舒曼從父親遺傳下來的精神病間歇地發作，使他無法正常工作。克拉拉除了照顧孩子們，還要照顧受病魔折磨的丈夫，更要命的是，他們的經濟狀況這時候也慢慢出現困難。為了維持生活，克拉拉不得不重新進行巡迴演奏。

這期間，年輕的音樂家勃拉姆斯慕

名登門求教，他跟舒曼夫婦一見如故，他們深厚的友誼從此紮根，並且維繫了一輩子。舒曼曾稱讚勃拉姆斯為「貝多芬再世」，他的話得到驗證，勃拉姆斯後來成為了浪漫派音樂的一代巨星。

　　克拉拉三十七歲時，舒曼去世了。此時克拉拉的痛苦可想而知，然而苦難並未停止，接下來幾個孩子的病痛和死亡接連不斷地打擊着她。幸好勃拉姆斯和幾個朋友不離不棄地支持着她，同時她也常常通過彈琴來緩解心中的傷痛。在後面的四十年間，她的生活重心完全轉移到演奏上面，開始了到處奔波的演奏生涯。有一次，勃拉姆斯擔心她風濕病發作，勸她休息，這個不幸而堅強的女人回答說：「我不能停止演奏，因為

我一旦停下來，心情就會變得非常差。對我來說，鋼琴演奏等同我的生命。」

五十九歲時，克拉拉開始擔任法蘭克福音樂學院的教授。她將自己長期演奏中所積累的經驗，熱切誠懇、毫無保留地傳授給學生們，因此成為學生們心目中的偶像。她的學生不只分佈在德國，還遍及英國、美國，甚至到了今天，還影響着後來的一些鋼琴演奏者。

舒曼去世四十年後，克拉拉也走到了生命的盡頭。克拉拉的一生辛勞而豐盛，她是妻子、母親，更是一位藝術家。對於普通人來講，這三個角色要扮演好任何一個都絕不簡單，而她身兼三職並且都做得相當出色。人生得一知己足矣，而她的身邊竟有兩位志同道合的天

才音樂家相伴，一個成為她的丈夫，另一個成為她一生的好友。假如有人要問「甚麼是完美人生」這個問題，或許克拉拉的一生就是答案。

字詞測試站參考答案

詞語加油站 1

1. 一心一意　一五一十
2. 百發百中　百戰百勝
3. 不明不白　不三不四
4. 大吉大利　大開大合
5. 無緣無故　無窮無盡
6. 自暴自棄　自作自受

詞語加油站 2

1. 滔滔不絕　忿忿不平
2. 比比皆是　津津有味
3. 井井有條　格格不入
4. 落落大方　斤斤計較
5. 蒸蒸日上　循循善誘
6. 欣欣向榮　息息相關

字詞加油站 3

1. 想入非非　無所事事
2. 大名鼎鼎　千里迢迢
3. 死氣沉沉　議論紛紛
4. 喜氣洋洋　相貌堂堂
5. 心事重重　得意洋洋
6. 人海茫茫　人心惶惶